La publication de cet ouvrage a donné
lieu à un tirage spécial de mille
exemplaires numérotés de 1 à 1.000,
sur papier Globe Impérial et sous
couverture cartonnée et toilée.

ISSN 0240-2815
ISBN 2-203-33416-9 (ISBN 2-203-33704-4, édition numérotée)

Régis Franc

TONTON MARCEL

capitaine d'industrie

casterman

SUIS-JE SI DIFFERENT DU RESTE DU GENRE HUMAIN ?
HIN! HIN! HIN!

ET SI J'INVENTAIS UN AVION AVEC TRENTE HÉLICES?...
NON, C'EST IDIOT.
MON DIEU! MON DIEU! QUE JE M'EMMERDE!. QUE JE M'EMMERDE!..
TIK TIK
PERSONNE NE VIENT JAMAIS ME VOIR POUR ME DEMANDER MON AVIS!!...
À MON ÂGE POURTANT, J'EN AURAIS DES CHOSES À DIRE!
ÇA!
JE VAIS ÉCRIRE UN ARTICLE DANS LE JOURNAL
!!
AH! AH! AH!
JE ME POILE!
DANS UN CAFÉ DE PLOUCS! UNE CONVERSATION DE PLOUCS!!!
HI! HI! HI! HI! HI!
SCRITCH SCRITCH
OH! C'EST TROP! C'EST TOO MUCH!!
HI HI HI HI HI HI

MARCEL, TU ES LE PLUS FORT!!
Hi Hi Hi Hi Hi Hi
SCRITCH SCRITCH
NUTTT NUTT NUT
FONT CHIER...
QUOI ENCORE?
MONSIEUR? C'EST VOTRE NEVEU...
IL A RENDEZ-VOUS?
NON, MONSIEUR. IL DIT QUE C'EST TRES IMPORTANT...
FONT CHIER...
IMPORTANT!.. TU PARLES! IL VIENT ESSAYER DE ME TAPER OUI...
ÇA!
HUM! J'AI UN NEVEU CON... S'IL N'ÉTAIT QUE CON, PASSE ENCORE... MAIS C'EST UN GRAND FEIGNANT...
ÇA!
.. CON ET FEIGNANT...
EH OUI...
CLAC!
ENFIN!... DU MOMENT QU'IL N'EST PAS P.D...
SON PÈRE AUSSI ÉTAIT CON, MAIS BOSSEUR... TRÈS BOSSEUR...
BONJOUR, MON ONCLE!

TU... TU N'AS PAS DE COSTUME À TE METTRE?
NON?
MON ONCLE, JE VOUDRAIS FONDER UN JOURNAL DE B.D.
UN JOURNAL DE QUOI?
DE B.D., TONTON! DE B.D!!!...
!
MON DIEU! MON DIEU! MON DIEU!
!!!
TON PÈRE N'EST PAS AU COURANT, J'ESPÈRE?
???
NON...
??
LE PAUVRE!
POURQUOI? IL EN A VU D'AUTRES!
ÔH OUI!!
MAIS ÇA!
ÇA!!
...MMM... ÉVIDEMMENT CET... CET ACCOUTREMENT, ÇA N'EST PAS PAR HASARD...
MM!

FONDER UN JOURNAL DE B.D, C'EST UNE BONNE IDÉE, NON?!?
TAIS-TOI ! TAIS-TOI !!
TAIS-TOI...
SI AU MOINS TU DÉCIDAIS DE METTRE UN COMPLET AU LIEU DE CET ACCOUTREMENT COMPLÈTEMENT RIDICULE !
MAIS?
...SI VOUS VOULEZ, TONTON... MAIS EN ÉCHANGE, VOUS M'APPORTEZ UNE AIDE FINANCIÈRE CONSÉQUENTE POUR FONDER MON JOURNAL.
AH! AH!
SACRÉ TONTON MARCEL!!
!!!
EN ÉCHANGE, TU AS DIT!!! PETIT MALHEUREUX!!! EN ÉCHANGE!!!
?!!
NON! JE RÊVE!!
RÉVEILLEZ-MOI!!!
MES SOUS!!!
C'EST INSENSÉ!!!
MAIS?!? TONTON?!!
!!
SORS IMMÉDIATEMENT DE MON BUREAU!!!
TOUT DE SUITE!
VLAM
UN JOUR, VOUS SEREZ NATIONALISÉ! ET ÇA SERA BIEN FAIT POUR VOTRE GUEULE!!!
FONDER UN JOURNAL DE PÉDÉ!!!
N'IMPORTE QUOI !!
ET AVEC MES SOUS!!
TSSS!!
BIEN... REPRENONS... TITRE : « AU CAFÉ DU COMMERCE... »

C'EST VRAI, JE SUIS TRÉS RICHE ET CEPENDANT JE CONTI-NUE À FAIRE SEULEMENT DEUX REPAS PAR JOURS...
COMME N'IMPORTE QUEL OUVRIER
TSSS.

ET VOUS, FERNAND,... QU'EST-CE QUE VOUS EN PENSEZ, DE CE MITTERRAND?
?
MONSIEUR NE DÉSIRE PAS VRAIMENT UNE OPINION PERSONNELLE, JE SUPPOSE?
SI, SI FAIT, FERNAND!!
!
JE VOUS PROMETS QUE, QUOI QUE VOUS RÉPONDIEZ, JE NE VOUS FOUTRAI PAS À LA PORTE...
!
....
???
HÉ BIEN, FERNAND? RÉPONDEZ!!
!
PUISQUE JE VOUS DIS QUE VOUS AVEZ MA PAROLE!... N'HÉSITEZ PAS!!
SANS DOUTE, MONSIEUR... SANS DOUTE.
C'EST QUE...
TOUT D'ABORD, SI MONSIEUR ME PERMET, CE DÉTAIL D'ORDRE PRIVÉ (SI J'OSE DIRE)...
QUEL DÉTAIL?

JE... JE SUIS TROUBLÉ QUE MONSIEUR VOIE EN MOI UN... UN ROUGE...
VOUS?!
VOUS!! FERNAND! UN ROUGE!!!
HI! HI! HI!
PFFFF!
IL N'Y A PAS PLUS CUL-BÉNI QUE VOUS!!!
HI! HI! HI!
ET PUIS... CROYEZ-VOUS QUE SI VOUS ÉTIEZ UN COCO VOUS SERIEZ MON CHAUFFEUR?
HEIN?
PAUVRE CON!
HI HI HI
JE POURRAIS CACHER MON JEU... J'EN SUIS CAPABLE (SI MONSIEUR ME PERMET...)
VOUS?!!?
PFFFF
HI HI HI
POURQUOI PAS?!.. JE PEUX METTRE DES CRAVATES AUSSI VULGAIRES QUE CELLES QUE PORTE MONSIEUR MARCHAIS
HIIII!!! FERNAND, VOUS ÊTES TOO MUCH!
PFFF
HI! HI! HI! HI! HI!
BONK! BONK
EST-CE QUE J'EN PORTE? NON...
VOUS N'EN PORTEZ PAS PARCE QUE JE VOUS L'INTERDIS!
HI! HI! HI! HI! HI!

Si Monsieur voulait s'introduire dans le milieu bolchevige, est-ce qu'il arriverait en Rolls?
Ah?
Vik, Fernand!..Vik
Pourquoi m'introduirais-je chez les cocos?
Je serais dégaine avec une casquette Ricard et un survêt!
Hi! Hi! Hi!
Et vous Fernand, je vous appellerais Fêfê et vous porteriez un tricot de peau à trou-trous...
Monsieur veut dire un "Marcel".
Hi Hi Hi! Hi!
Un quoi?
Un "Marcel", Monsieur. C'est le nom qu'on donne à ce sous-vêtement.
Ah? C'est très con.
Hi! Hi! Hi!
Tsss... un "Marcel"
Que c'est con
Ça veut rien dire...
Hi! Hi! Hi!
C'est pourtant joli Marcel, comme prénom...
Hi! Hi! Hi! Hi! Hi! Hi! Hi! Hi! Hi!
Hé! Ho! Ça suffit hein!!
Ça vous amuse?
Pauvre con.
.....
......

CE MITTERRAND IL VA NOUS FOUTRE LA FRANCE PAR TERRE OUI!!
HEIN, FERNAND ?
IL VEUT ME NATIONALISER
PFFF!!
VOUS VOUS VOYEZ, VOUS? NATIONALISÉ!!?
HEIN?
ET L'IMPÔT SUR LA FORTUNE!! TSSS!! GROTESQUE!!! ... ET D'ABORD J'AI JAMAIS UN RONO EN POCHE!!!
VOUS LE SAVEZ BIEN VOUS... HEIN FERNAND?!?
IL Y A DES JEUNES... ILS ONT DES CHAÎNES HI-FI QUI VALENT DES MILLIONS!!! ... MOI J'EN AI JAMAIS EU...
ET C'EST MOI LE SALAUD DE RICHE?
TOUT ÇA C'EST LA PROPAGANDE DE CE MITTERRAND!! C'EST PAS VRAI CE QUE JE DIS, FERNAND?!
FERNAND?
FERNAND!?!! ENFIN?!!
VOUS AVEZ BIEN UN AVIS SUR CE MITTERRAND!!??!
JE VOUS AI PROMIS DE NE PAS VOUS VIRER!!!
MÊME SI VOUS RÉPONDEZ MAL!!
C'EST QUE..
QUOI?
SI JE RÉPONDS MAL, MONSIEUR NE ME VIRE PAS... SOIT... MAIS SI JE RÉPONDS BIEN, EST-CE QUE MONSIEUR M'AUGMENTERA?!!
COMMUNISTE.
!!

ON RACONTE N'IMPORTE QUOI SUR MOI : TENEZ, PAR EXEMPLE, J'ADORE MON CHIEN, PERSONNE NE L'ECRIT JAMAIS, ÇA..
OUI, CELUI QUI VOUS A MORDU TOUT A L'HEURE

VOUS ÊTES SÛR QUE JE DOIS RENCONTRER CES GENS, MON CHER BÉNIN ?
ABSOLUMENT NÉCESSAIRE, PATRON.
PFF!
NATURELLEMENT, TOUS CROIENT DUR COMME FER À L'ENTREPRISE PRIVÉE...
COMME VOUS...
AH!
OUI, COMME MOI...
... TOUS RÉSOLUMENT DE DROITE...
BIEN SÛR...
BIEN SÛR...
TENDANCE GISCARD OU CHIRAC?
TENDANCE LES DEUX RAJOUTÉS.
AH!
HÏN! HÏN! HÏN! UN NOUVEAU STAFF DE JEUNES RÉACS À LA TÊTE DE MES AFFAIRES POUR EMMERDER LA BANDE À MITTERRAND!
HÏN! HÏN! HÏN!
AH! PATRON, VOUS ÊTES TOO MUCH!
JE SAIS, BÉNIN JE SAIS...
AAAHHHH!!!!
AHHH
ENFIN!!!!!!
VOUS VOILÀ!!
AHHH

BONJOUR MESSIEURS! BONJOUR, BONJOUR!...
HÏN! HÏN! HÏN!
LE PATRON!
JE SUIS CONTENT DE VOUS VOIR... TRÈS...
HÏN! HÏN!
LAISSEZ-MOI PASSER!!
BÉNIN?! PRÉSENTEZ-MOI TOUT CE JOLI MONDE, VOULEZ-VOUS?
HÏN! HÏN!
GRRR
VOICI BERTRAND TOUCHÉ DE LA SERPILÈRE.
AH!!...UN LA SERPILLIÈRE CHEZ NOUS!!
LA SERPI L ÈRE! MONSIEUR, LÈRE!!
OUI, LA SERPILLIÈRE, C'EST PAREIL...
HÏN! HÏN! HÏN!
PARENT AVEC ARNAUD TOUCHÉ DE LA SERPILLIÈRE, PEUT-ÊTRE?
ÇA MARCHE!
VOUS CONNAISSEZ LE COUSIN ARNAUD?!!
OUI...OUI...
HÏN! HÏN! HÏN!
GRAND AMATEUR DE FAILLITES, VOTRE COUSIN...
VOUS SAVEZ QU'IL N'Y A PLUS GISCARD POUR PROTÉGER LES SERPILLIÈRES, HEIN?
JE NE COMPRENDS PAS...
ALORS JE COMPTE SUR VOUS POUR FOUTRE UNE PAGAILLE NOIRE!
HÏN! HÏN! HÏN!
QU'ESTCE QU'IL DIT, BÉNIN?
QU'IL NE COMPREND PAS, PATRON...
ON A INSULTÉ MON NOM!...
TRÈS BIEN, DONNEZ-LUI DE L'AVANCEMENT.
HÏN! HÏN!

VOYEZ-VOUS, BÉNIN... LA DROITE PRODUIT DES JEUNES BOURGEOIS PRÉTENTIARDS ET RASÉS DE PRÈS, QUI ONT PRIS TRÈS JEUNES L'HABITUDE DE FERMER LEUR GUEULE À TABLE ... IL SUFFIT DE TEMPS EN TEMPS DE LE LEUR RAPPELER...
N'EST-CE PAS?
PATRON, VOUS FAITES UNE ANALYSE SUPER FINE.
AU FOND, (MOI) JE SUIS UN VIEUX MARGINAL, N'EST-CE PAS?
ON ME CONNAÎT MAL...
ÇA, C'EST VRAI ÇA!...
ET EN PLUS, VOUS ÊTES TRÈS FORT...
PUIS-JE ME PRÉSENTER, MONSIEUR?...
MA FOI, SI JE N'AI PAS LE CHOIX...
JE SUIS JÉRÔME CHEPTEL-BAUVIN... ET... VOUS N'AVEZ PAS CHANGÉ, MONSIEUR...
???
!!
DEPUIS 57...
VOUS VENIEZ SOUVENT CHEZ TANTE ALBERTINE... VOUS VOUS SOUVENEZ?... C'EST MOI LE PETIT JÉJÉ! VOUS M'AVEZ FAIT SAUTER SUR VOS GENOUX!!... ET J'EN FIS PIPI DE JOIE!!
!!! !!! !!!
VOUS EN FÎTES!!
MON GARÇON!... JE NE PEUX RIEN REFUSER À QUELQU'UN QUI (JADIS) ME PISSA DESSUS!! ALLONS, JÉJÉ, VOUS VOULEZ QUOI?! ALLONS?
HEU.. LA DIRECTION FINANCIÈRE, MONSIEUR.
QUE ÇA!!!?
HEU.. OUI
VOYONS JÉJÉ, POUR UN SI PETIT PIPI UNE SI GRANDE RESPONSABILITÉ!!.. C'EST DIFFICILE CE QUE VOUS ME DEMANDEZ LÀ!!! SI ENCORE VOUS AVIEZ FAIT PIPI ET CACA!!... PEUT-ÊTRE!!! MAIS QUE PIPI, JÉJÉ!!! QUE PIPI!!! C'EST NON.
PIPI, CACA, POPO...
HIN! HIN! HIN

VOUS SAVEZ QUOI, BÉNIN?
MMOUIII?
CES RENCONTRES ME METTENT D'EXCELLENTE HUMEUR.
TROUVEZ-MOI ENCORE UN OU DEUX HORS-D'ŒUVRE...
ÔH NON!!
HIN! HIN!
CUI-LÀ!..
..PAS CUI-LÀ!..
CUI-LÀ C'EST UN COUSIN D'UN DE MES EMPLOYÉS, IL NE SAVAIT PAS QUOI EN FAIRE ET IL ME L'A AMENÉ ...BEN VOYONS... CHEZ MARCEL ON CROÛTE TOUJOURS À L'OEIL...
PA-PATRON..
HIN! HIN! HIN!
BLURP
ET LE SALAUD S'EMPIFFRE À MORT... LE SALAUD...
..PATRON... PAS LUI.. ..C'EST UN..
HIN! HIN! HIN! HIN! HIN!
SLAP
SONT BONS MES BOUDOIRS CHAMPAGNE? POURQUOI QUE VOUS EN PRENEZ PAS DEUX À LA FOIS? ÇA IRAIT PLUS VITE?!
!MMM
CROC
TREMP TREMP
ET POUR FINIR, POURQUOI N'ESSAYEZ-VOUS PAS DE TREMPER UNE BONNE SAUCISSE DE STRASBOURG, NON?!
MMM?
SCHOMP SCHOMP SCHOM?
QUOI?!? M'OBLIGER À MANGER DU COCHON!!! (À MOI!! CHEIK LUMIÈRE D'ORIENT) MOI QUI BOIS DU CHAMPAGNE POUR T'HONORER!!!
INFIDÈLE N'BEBEK!!
TOC TOC TOC
YEURK!
ET LES 300 MIRAGES, VOUS VOUS LES CARREZ AVEC LES SAUCISSES!!
ALLONS C'EST RIEN...LÀÂÂ ON LES VENDRA EN AFRIQUE NOIRE ...LÂÂÂ...
KSSS.. KSSS..
HOU HOU HOU HOU
BOU
TAP TAP TAP
QUE JE SUIS MALHEUREUX...

EST-CE QUE J'EMPÊCHE MOSSIEU KRASUCKI DE S'EMPIFFRER DE CAVIAR, MOI?!? NOON!!
EST-CE MA FAUTE S'IL PRÉFÈRE LE CALENDOS?

AH! ON ME NATIONALISE!!!
TIENS! TIENS!!
HÏN! HÏN! HÏN!
AH! ÇA FAIT MAL LES ÉPINGLES! HEIN!? HEIN?! SALAUD DE MAUROY!!
HÏN! HÏN! HÏN!
TIENS MAUROY!!! TIENS!!
ET LA DERNIÈRE DANS LES COUILLES!!!
HÏN! HÏN! HÏN! HÏN!
AAAHH!!! ÇA VA MIEUX...
HÏN! HÏN! HÏN!
QUE JE LE HAIS CE MAUROY!!! QUE JE LE HAIS!!!
NUTT NUTT NUTT NUTT
NOUI?
MONSIEUR!!! MONSIEUR!!! C'EST L'HEURE!! VITE!! IL VA PASSER À LA TÉLÉ!!
HÏN! HÏN'HIN!!
OH NOM DE DIEU DE NOM DE DIEU DE NOM DE DIEU FAUT PAS QUE JE LE RATE!!!
TIP TOP TIP T
BÉNIN! NE ME DITES PAS QUE ÇA A COMMENCÉ!?
CLAC

TOUT VA BIEN! VOUS ÊTES EN AVANCE, PRÉSIDENT!
J'ALLUME?
OUIIII OUIIIII VITE!
MERDE...
AH NOM DE DIEU! ELLE EST EN PANNE !!!
CRAAAC! CRRAAC!
C'EST RIEN, PRÉSIDENT! C'EST RIEN! FAUT QU'ELLE CHAUFFE!!!
....!!!
ÇA Y EST!!! ÇA A CHAUFFÉ!!! POURQUOI ON N'A PAS D'IMAGE?!?
JE NE COMPRENDS PAS, PRÉSIDENT!!
ON VA LE RATER VITE! VITE!! VITE!!!
C'EST SÛREMENT UN CONDENSATEUR QUI A PÉTÉ, PRÉSIDENT.
..SÛREMENT...
M'EN FOUS!! M'EN FOUS!! M'EN FOUS!!
JE VÉRIFIE! NE VOUS ÉNERVEZ PAS, PRÉSIDENT, ÇA NE SERT À RIEN!!!
JE VÉRIFIE.
SI JE LE RATE, TU ME LE PAIERAS, SALAUD!!!
AH! J'AI TROUVÉ!!! ...LE CONDENSATEUR... HEU.. IL MARCHE... C'EST DÉJÀ ÇA.
ÇA VIENT PAS DE LÀ...
JE TE HAIS, BÉNIN, JE TE HAIS!
SLURP! SLURP

JE TROUVE, PRÉSIDENT! JE TROUVE!!! ÇA VA BIENTÔT ÊTRE RÉPARÉ.
MMM ÔÔH C'EST BON LA CHAISE C'EST BON MMMMM MM...
CROC
AH?!? ....
C'EST SÛREMENT ÇA!!!
VEUX PAS ÊTRE NATIONALISÉ .... VEUX PAS...
CHOK CHOK
ÔH!!? ...ET NON! C'EST PAS ÇA.
Y Z'ATTAQUENT? .... Y Z'ATTAQUENT? ....
ÇA Y EST, PRÉSIDENT! ÇA Y EST...
ZE MONTRE MON ZIZI!
HÏN! HÏN! HÏN! HÏN!
AH?!
ET MAINTENANT ZE PISSE!...
HÏN HÏN HÏN HÏN!
JE TROUVE ♪♫
BITE! CUL! CACA!
HÏN! HÏN! HÏN! HÏN!
HOP! ET TOC!
OUAH! OUAH!
GRRRR!!! GRR
JE-EU ♫ TROU-OU VEU...
JE VAIS VOUS AIDER À TROUVER LA VOIE! RIEN DE GRAVE, RASSUREZ-VOUS, IL S'AGIT SIMPLEMENT DE VOUS COUPER LA TÊTE!...
HÏN! HÏN! HÏN!

SI ON S'ÉNERVE PAS O-ON TROU-OUVE
TOC!
TOUT À LA SAMARITAINE
HI! HI HI! HI!
HIN! HIN! HIN! HIN! HIN!
CHUIS CON!! HI!
HI! HI! HI! HI!
YAOUUU
ET VOI-LÀ!!
CRAAC! TOP! PLOP!
AÏE!
BONK
ATTENTION!
SI ON L'A RATÉ!! SI ON L'A RATÉ, BÉNIN!! JE VOUS DONNE À MANGER AUX COMMUNISTES!!!
AAAHH!!!
C'EST LUI!! LE VOILÀ!
C'EST LUI! LE VOILÀ! LE VOILÀ!
HIIII! LE VOILÀ! HIIII!!! IL EST CHIÉ!!
.....
AAHHH
QUE C'EST DRÔLE!! HI HI HI! HI IL EST TOO MUCH!
HI!((HIII!!
VOYEZ-VOUS, BÉNIN ... UNE FRANCE QUI AIME LE PETIT LION EST UNE FRANCE QUI NE PEUT PAS SOMBRER DANS LE COLLECTIVISME...
ÇA C'EST VRAI, ÇA...
HIN! HIN! HIN!
TIP TOP

NON, JE N'AI JAMAIS ÉTÉ INSCRIT AU PARTI COMMUNISTE
POUVEZ VÉRIFIER..
HIN! HIN!

Mon cher Mitterrand, vous avez eu tort d'en nationaliser certains...
HÏN! HÏN!
SCRITCH SCRITCH
vous allez le regretter amèrement, tant pis pour vous... signé : les nouvelles brigadesrouges.
HÏN! HÏN! HÏN!
SCRITCH
HÏN! HÏN! LE MITTERRAND, IL VA EN CREUVER DE TROUILLE...
NEUT ŞŞ NUTT
QUOI?
MONSIEUR, LA MAQUETTE DE "JOUR DE PRINCE" EST PRÊTE ...
TOC TOC TOC
OUI...ENTREZ.
C'EST LA MAQUETTE...
HÏN! HÏN! HÏN!
'JOUR..
QU'EST-CE QUE C'EST QUE CE TRUC?
LES BRIGADES ROUGES !!!
MON DIEU!
JE NE VOUS CONNAIS PAS, MON AMI, HEIN? N'EST-CE PAS?
CHUIS LE NOUVEAU DIRECTEUR ARTISTIQUE.
AAAHH!!!... OUI!.. ET.. VOUS ÉTIEZ OÙ AVANT (MON AMI)?
À IBIZA, MONSIEUR.
AH! ÇA APPARTIENT AU GROUPE HERSANT..
NON MONSIEUR, AUX BALÉARES...

......
EN QUELQUE SORTE, VOUS ÊTES CE QU'ON APPELLE UN "BABA COOL"?
MMM?
À QUOI L'AVEZ-VOUS DEVINÉ?
!
MMM... MOUAIS
JOUR DE PRINCE
MERDE!! MERDE!! SE FAIRE TRAITER DE BABA COOL!
COMMENT SE FAIT-IL QUE DANS CE JOURNAL, ON NE PARLE PAS DU PRINCE HENDRICKS DE ROLL-MOPSE!?!
ÇA!! J'AI ÉTÉ BEATNIK! HIPPIE! MAIS BABA!!! ÇA JAMAIS! MERDE!! MERDE!!
AVANT... ON EN PARLAIT TOUT LE TEMPS...
AVANT..
J'AI JAMAIS FUMÉ DE SHIT MOI! JAMAIS!
IL FAUT LUI TÉLÉPHONER POUR PRENDRE DE SES NOUVELLES... DEPUIS LE TEMPS, LA PRINCESSE A DÛ NOUS PONDRE UN OU DEUX PRINÇAILLONS ...
QUE DE LA DOPE...
ÇA SE REPRODUIT TRÈS VITE, CES BÊTES-LÀ...
HÏN!
C'EST NORMAL... ILS N'ONT RIEN À FOUTRE, ALORS TOUTE LA JOURNÉE : « ZIG-ZIG »!
HÏN! HÏN! HÏN!
HÉ OUI, ZIG-ZIG...
REMARQUEZ, SI ON NE LES AVAIT PAS, CEUX-LÀ, JE NE SAIS PAS DE QUOI ON PARLERAIT DANS CE JOURNAL...
ENTRE NOUS...

HEIN?! QU'EST-CE QUE VOUS EN PENSEZ, VOUS? LE BABA?...
HIN! HIN!
JOUR DE PRINCE
MERDE!! MERDE!! PAS BABA!!
MMM... RIEN... LA VIE DES PRINCES, VOUS NE TROUVEZ PAS ÇA EXEMPLAIRE?!...
MMM..
. OUAIS.. .
ÉVIDEMMENT, ON PARLERAIT DE LA VIE DE JOSEPH STALINE, ÇA VOUS PASSIONNERAIT...
À CHOISIR, JE PRÉFÉRERAIS CELLE DE JIMMY HENDRIX...
QUI?
À CHOISIR.
HENDRIX... UN TYPE FABULEUX .... POUVEZ PAS COMPRENDRE...
PEUH!
AH? POURQUOI?!
AUTANT ESSAYER DES MITAINES À UN CYGNE...
J'AI MON BACHOT, JE PEUX COMPRENDRE DES CHOSES DIFFICILES, NON?
EXPLIQUER JIMMY...
PEUH!
HIN!
HIN!
DÉSOLÉ, MONSIEUR, OU ON AIME LES ROLL-MOPSE OU JIMMY HENDRIX... MOI (MONSIEUR), J'AI CHOISI...
MOI...
C'EST PAS LES ROLL-MOPSE...
...CE QUE VOUS ÊTES VIEUX JEU, MON VIEUX ...
JE COMPRENDS QU'HERSANT VOUS AIT VIRÉ...
J'ÉTAIS PAS CHEZ HERSANT, J'ÉTAIS À IBIZA OÙ MA FEMME ELLE A UNE BOUTIQUE.
VIEUX ET BABA...
HIN! HIN! HIN!

DE FRIPES ?!...
ÉVIDEMMENT... ON NE VEND PAS DE L'EAU DE LOURDES À IBIZA ... TSSSS
HÏN! HÏN! HÏN!
ET ÇA MARCHE?
PAS MAL.
PAS MAL COMMENT?
MIEUX QUE ÇA.
HÏN! HÏN! HÏN! HÏN!
LES ROLL-MOPSE, QUI ONT UNE VILLA PAS LOIN, SONT DE BONS CLIENTS...
JE PEUX RETOURNER À L'ATELIER?
ET PAS QU'EUX D'AILLEURS.
JACKIE KENNEDY.
..AH..
AINSI, VOUS CONNAISSEZ LE PRINCE DE ROLL-MOPSE!! PLUSIEURS FOIS JE L'AI INVITÉ DANS MON CHÂTEAU ....
IL A TOUJOURS REFUSÉ...
HI! HI! HI! HI!
PARAÎT QU'IL RACONTE PARTOUT QUE CHEZ MOI, C'EST GENRE NOUVEAU RICHE ET PARVENU.
ESSAYEZ DE SAVOIR POURQUOI IL FAIT ÇA.
HI! HI! HI! HI! IL EST TOO MUCH!!
...ET, S'IL FAIT DE L'ESPRIT, LE ROLL-MOPSE, DITES-LUI BIEN QU'IL FAUT ÊTRE BEAUCOUP (BEAUCOUP, BEAUCOUP) PLUS RICHE QUE LUI POUR AVOIR UN JOUR L'HONNEUR (!!) D'ÊTRE NATIONALISÉ !!!
PEUH!
HÏN!
GNGNGNGN

COMBIEN JE GAGNE ?!!
PAR MOIS ?!
AH! PAR SECONDE...
!!?

DING DONG!
ET MAINTENANT, QUELQUES INFORMATIONS GÉNÉRALES.
BONNE NOUVELLE POUR NOTRE STATION!... NOUS AVONS CHANGÉ DE PROPRIÉTAIRE!!!
TU PARLES!
HÉ OUI! HÉ OUI! NOTRE CÉLÈBRE SLOGAN: « EUROPE 1 C'EST NATUREL» VA SE TRANSFORMER...,
ET CHIANT
EN?
ALLEZ-Y, ALLEZ-Y.
EN?
ALLEZ-Y, PRÉSIDENT! ALLEZ-Y!!
AÏE! AÏE! AÏE! ÇA VA ME RETOMBER SUR LA GUEULE CETTE HISTOIRE...
ALLEZ-Y PRÉSIDENT! C'EST À VOUS DE PARLER!!
SI JE LE COUPE, IL ME VIRE, SI J'ENCHAÎNE, IL ME VIRE, SI JE PASSE UNE PUB, IL ME VIRE.
AÏE! AÏE! AÏE!
N'HÉSITEZ PAS, PRÉSIDENT.
LA FRANCE VOUS ÉCOUTE!
!!

VOYONS, PRÉSIDENT! D'HABITUDE, VOUS N'AVEZ JAMAIS LE TRAC!
HEEINN?! JAMAIS!
J'AAiii MAALL A MON COOOEEUURR
OOOOHH!
JE SAIS PAS QUOOOiii Y FAUT DIREUUU...
SNNIFF!
VEUX M'EN ALLER
VEUX PAS RESTER
BOUOUHHH
DITES-MOI, MON PETIT VIEUX? C'EST UNE ÉMISSION DE VARIÉTÉS QUE VOUS FAITES?!
QUI? MOI?! POURQUOI?!!
T'ES REPÉRÉ! (SALOPARD!!)
ET VOILÀ.
COMMUNISTE!!
COCO! COCO!
HEIN? HEIN?! AVOUE!!
EH! OH?!! 'TENTION!
CHUIS UN BOURGEOIS, MOI! HEIN!
UN PETIT BOURGEOIS!!
TOUT PETIT! PETIT! PETIT!
ÔH!
NON! MES PARENTS ONT UNE MAISON DE CAMPAGNE, ET À 18 ANS, J'AVAIS MA SPITFIRE!!
COCO! COCO! COCO! COCO!
JEUUU VAAISS VOOOO-MMIIRR!

NON! PAS COCO! ROUGE ELLE ÉTAIT MA SPITFIRE. C'ÉTAIT PLUS CHER EN ROUGE.
ROUGE!! (SALAUD!) UN JEUNE COCO QUI CHOISIT UNE AUTO ROUGE! (SALAUD!)
TU VOIS, SALAUD!! TON ATTITUDE DONNE ENVIE DE VOMIR À NOTRE PRÉSIDENT!!...
VITE! VITE! UNE BASSINE!
BOT BOTT ss
AÏE
DONNE-MOI TES ÉCOUTEURS, MAUVAIS FRANÇAIS!!
PIF!! PAF!!
ÔÔOHO HOÔ ÔHOÔ
BIENNNN!!.. BONJOUR, CHERS AUDITEURS! BONJOUR, PRÉSIDENT!
VE FUIS PAS COCO! VE FUIS PAS COCO!
QUE PENSEZ-VOUS DE CETTE STATION DE RADIO, PRÉSIDENT?
Y'AI VOTÉ VISCARD, VIAI VOTÉ VISCARD.
ÔÔOHMÔ!!... L'ENVIE DE VOMIR...
IL... IL EST PARTI LE BOLCHEVIK ?
OUI, PRÉSIDENT, IL A REFUSÉ LE DIALOGUE.
?
AAAAAH! ÇA VA MIEUX!
HIN! HIN! HIN! HIN!
C'ÉTAIT PSYCHO-SOMATIQUE.

VOYONS PRÉSIDENT,... VOUS SEMBLEZ ÊTRE TRÈS ATTACHÉ À LA DIVERSITÉ DES COMMENTAIRES POLITIQUES?
MAIS MOI AUFFI!
BIEN SÛR!...IL FAUT QUE LES GENS QUI NE SONT PAS DE L'AVIS DES BOLCHEVIKS LE DISENT.
HÏN! HÏN! HÏN!
...ET IL FAUT LE DIRE DE TOUTES LES MANIÈRES POSSIBLES!!... LA PETITE CHANTAL VELASQUEZ PRÉPARE UNE COMÉDIE MUSICALE POUR LES PETITS ENFANTS...
...DONT LE TITRE SERA: « À MOSCOU LES COCOS»!!... IL Y AURA DU RIRE, DE L'ÉMOTION, DU SENTIMENT!!
JE PEUX EN PARLER, C'EST MOI QUE J'AI ÉCRIT LE SCÉNARIO!
HÏN! HÏN! HÏN!
VOS ENNEMIS POLITIQUES VONT PRÉTENDRE QUE CE CHEF-D'ŒUVRE (JE L'AI VU, JE PEUX EN PARLER, C'EST TRÈS BON...) EST UN FILM DE PROPAGANDE...
ÔÔÔH! QUE F'EST VILAIN DE PENFER FA!
JE N'AI PAS D'ENNEMIS POLITIQUES... MOI AUSSI (COMME MONSIEUR SÉGUY), J'AIME LE CASSOULET, ET POURTANT JE SUIS RICHE, ALORS?.. QU'EST-CE QUE ÇA PROUVE?
VE VOUDRAIS POSER UNE QUEFTION?
HÏN! HÏN! HÏN!
OUI?
AH LE CON! ENCORE LÀ!
LE CAFOULET, À LA GRAIFFE D'OIE OU DE CANARD?!
?
PAF! PAF! PIN!
AH! J'ENTENDS LA MUSIQUE DU GÉNÉRIQUE DE FIN DE L'ÉMISSION.
DÉSOLÉ! NOUS N'AURONS PAS LE TEMPS DE RÉPONDRE À CETTE QUESTION!
BOTT BOT
HÏN! HÏN! HÏN!
Cabu feu 82

NOON, JE N'AI JAMAIS ÉTÉ EN WEEK-END AVEC MONSIEUR MARCHAIS
???

À PEINE!!
À PEINE
10 HEURES!
!
À PEINE 10 HEURES
ET À PEINE SAMEDI!
MON DIEU! MON DIEU!
MON DIEU!
ET IL FAUT TENIR
JUSQU'À DIMANCHE
SOIR !! QUEL CAUCHE-
MAR!!
POURQUOI DOIT-ON PARTIR
EN WEEK-END QUAND ON
EST RICHE!!? POURQUOI?!
SOB
10 HEURES
CINQ...
ET TOUT CE VERT
TOUT AUTOUR! QUE
C'EST LAID! POURVU
QUE JE NE SOIS PAS
DE CORVÉE DE
LAIT À LA
FERME!!
POURQUOI LES RICHES ADORENT-ILS
PARLER AUX PAYSANS!!? HEIN?!
MOI, J'AI JAMAIS RIEN À LEUR DIRE
AUX CULS-TERREUX!!..
VA FAI' BIAU?
HEIN? PÈRE BIGAU?
QUE C'EST CON!
HIN!
HIN!
HIN!

SANS COMPTER QU'IL FAUT TOUJOURS BOIRE UN COUP DE LEUR IGNOBLE CALVA.
BERK! BERK!
HARG!
ZOUUMM
!!
BING
MA GRENADINE!!!
MA GRENADINE!!
POURQUOI AI-JE UNE FEMME QUI AIME CE SPORT DE NÉO-BOURGEOIS?!!
(DE NÉO-PETIT-BOURGEOIS)
ALORS QUE JE SUIS SI RICHE...
C'EST LE POLO QU'ELLE DEVRAIT AIMER...
CHOUCHOU?!!! J'AI RETROUVÉ MON PASSING SHOOT!!!
HIPS!
BORG
ÉVIDEMMENT CHOUCHOU, ÇA NE VOUS INTÉR-RESSE PAS.
ÉVIDEMMENT.
NON! ET JE NE SUIS LE CHOUCHOU DE PERSONNE.
BORG
OOOOHH!! LE MAUVAIS CARACTÈRE AVEC UNE SI JOLIE CASQUETTE!!!
POURQUOI ON VEUT PAS SE DÉTENDRE?
HEIN? HEIN?
BORG
TSOING TSOING
JE SUIS DÉTENDU!!!
ARGH!
AH!
ET JE HAIS CETTE CASQUETTE QUE VOUS M'OBLIGEZ À PORTER!

BIEN! J'ABANDONNE CE CHOUCHOU GROGNON ET JE RETOURNE VERS MON PASSING SHOOT.
À TOUT À L'HEURE
JE ME SENS VIEUX...
MMF
MMFF
MMFF
ÔH NOON!!!
SUK
SUK
SUK
MON DIEU! MON DIEU! MON DIEU! POURQUOI CET ENFANT M'ADORE-T-IL?
..À MOI..
SUK SUK
SUK
SUK
ALORS, AMAURY?.. ON VIENT CASSER LES GRELOTS À SON VIEUX PAPY?
C'EST ÇA?!?
VOUI.
SUK
SUK SUK
SUK
AAAH! JE M'EN DOUTAIS!!! AMAURY, SI TU N'ES PAS SAGE, TON PAPY NE TE FILERA PAS UN SOU POUR LE FLIPPER!!
ZE M'EN FOUS. LA VIEILLE A DÉZÀ RAQUÉ.
SUK
SUK
SUK
SUK
AH!
MON DIEU! MON DIEU! MON DIEU! FAITES QUE LES PALESTINIENS L'ENLÈVENT!!!
ZE VAIS TE TUER!!
SUK
SUK
SUK
VOYONS ...VITE! ...UNE DIVERSION!... VITE!!
DIS-MOI: AMAURY, QU'EST CE QUE TU FERAS QUAND TU SERAS GRAND?
HEIN?
Z'AIME PAS LES VIEUX! ZE VAIS TUER UN VIEUX!!
SUK
SUK
SUK
SUK
?
QUAND ZE SERAI GRAND? ....
ZE TUERAI DES VIEUX!!
AAAH!! ALORS TU VEUX FAIRE L'ENA?!
C'EST BIEN!
TRÈS BIEN
SUK
SUK
SUK
HIPS~

TENSION EXTRÊME
SUK SUK SUK SUK SUK SUK SUK SUK SUK SUK SUK SUK
ROUICK (BRUIT DU RESSORT TENDU À MORT)
SU SUK
SUK SUK SUK SUK SUK SUK SUK SUK SUK SUK
BAF!
ZOOMM
AÏE
PLOCK
OH MON DIEU! VITE! VITE! MON PASSING VIENT DE TOUCHER AMAURY CHÉRI!!
AÏE! YA YA YA YA
OUINN!
AH! NON! C'EST PAS MOI!! IL M'A ATTAQUÉ!!
PRÉSIDENT! RÉVEILLEZ-VOUS!! LES BUREAUX FERMENT, C'EST VENDREDI!!
HEIN? QUOI?
HIPS! HIPS! HIPS!
TIP TIP
QUOI!!? VENDREDI!! TROUVEZ IMMÉDIATEMENT LE TÉLÉPHONE DE YASSER ARAFAT!!
ALLO YASSER?! OUI JE VAIS BIEN! DITES, YASSER, C'EST POUR UN ENLÈVEMENT!! QUI?... MOI!! JUSTE POUR LE WEEK-END!!
HÏN! HÏN! HÏN

POURQUOI VOUDRIEZ-VOUS QUE JE M'OPPOSE À LA DÉCISION DE MA FILLE SI ELLE VOULAIT ÉPOUSER UN PROLO?..
ELLE EST PAS FOLLE!!

¡¡¡AAAOUUM
TAC-TAC TAC-TAC TAC TAC
"BÔÔM"
¡¡AAAOUMM¡¡¡¡AOU
AH! AH! AH! ON LES A BIEN EUS, CES FACES DE CITRON, HEIN? ANTONIO!!
¡¡AMIAOU¡¡¡¡
LES FACES DE CITRON, CE SONT LES ANGLAIS...
HIN! HIN! HIN!
À CAUSE DU THÉ...
DU THÉ CITRON, BIEN SÛR.
HIN HIN HIN
AH! 'TENTION ÇA COMMENCE!!
!!
DRING DRING
SI C'EST VIDELAS : CHALEUREUSES FÉLICITATIONS. SANS OUBLIER DE PARLER DE LA QUALITÉ DU MATÉRIEL ...
HIN! HIN! HIN! HIN!

ALLO? RÉNÉRAL PRÉSIDENTÉ? MES RESPETOS!! VOUS LA GAGNEZ CETTÉ POUTAIN DE GUERRÉ!! É?
HÏN! HÏN!
NOON? É PER QUÉ? C'EST OUNÉ PLAISANTÉRIE DÉ SOLDATO! SI! NOON? OUN SOLDADO COMME VOU CAPABLE DE FAIRÉ DISPARAÎTRÉ LES GENS COMMOUNISTÉ!
HÏN! HÏN!
IL PEUT PAS FAIRÉ DISPARAÎTRÉ LOS GRINGOS ANGLAIS?!!?
HÏN! HÏN! HÏN!
MA? POURQUOI PÉPITO!!!??
IL EST CON CE VIDELAS...
IL A QUELQUE CHOSE À ME DEMANDER : DEVINEZ QUOI?
HÏN! HÏN! HÏN!
PARFOIS JE SUIS TROP TOO MUCH!
OUI? Y'ÉCOUTÉ?
AH!!!
VOUS VOULEZ ENCORÉ DÉ Z'AVIONS!!!??
VOUS LES AVEZ PAS CASSÉS Y'ESPÈRÉ!!??
SI?!!
DÉZÀ? (DÉJÀ?)
HÏN! HÏN! HÏN!
MAIS VOUS SAVEZ QUÉ VOUS ALLEZ DÉBÉNIR MON MEJOR CLIENTÉ!! YENERAL!!
VOUS LÉ FAITES PAS EXPRÈS Y'ESPÈRÉ?!!? .... SI YÉ PEUX VOUS LIVRER? MA BIEN SOÛR QUÉ YÉ PEUX, MOUN PÉTIT PÉPITO!!
DÉMAIN?!! CARAMBA PÉPITO!! ATTENDEZ. YÉ RÉGARDÉ LE CIRCOUIT DE LIBRAISON.. AH! NON! DÉMAIN C'EST LES DIX-HOUITIÈME ET LA BANLIEUE NORD! C'EST COMMÉ ÇA! YE SÉ C'EST RIDICOULÉ!!!
HÏN! HÏN! HÏN!

ET MAINTENANT... DEUXIÈME PARTIE DE MON PLAN DIABOLIQUE ET GÉNIAL !!
HÏN! HÏN!
ALLO? ALLO?
ALLO PÉPITO? OUNÉ MINOUTÉ !... YÉ CROIS QU'ON M'APPELLÉ SOUR OUNÉ AUTRÉ LIGNÉ!!
HÏN! HÏN!
ALLO? HELLO??! MAGGIE? YES! GOD!
?
HÏN! HÏN! HÏN!
JE SUIS DIABOLIQUE!
AND THE QUEEN?! SHE IS FINE?
!?!!
LA REYNA?!!
HÏN! HÏN!
!!!
HÏN HÏN HÏN!
MAGGIE? OUAT KAN I DO FOR YOU, DEAR?
HÏN!
HÏN! HÏN!
PLANES?! YOU WANT MY PLANES?!
VOS VOLEY MEY AVIONS?
HÏN! HÏN!
BONK BONK BONK
HÏN! HÏN! HÏN! HÏN! HÏN! HÏN! HÏN! HÏN! HÏN!

ALLO ? RÉNÉRAL ?!
QUOI ? NOON.... RÉNÉRAL !!
C'ÉTAIT OUNÉ COUSINE...
PERQUÉ ?
QUOI ? QU'EST-CE QUÉ VOUS VOULEZ QUE YÉ ME FOUTE AU COU ?
OUNÉ DÉCORATION ?
QUOI AU COU ? YÉ COMPRIS !!
AU COU ! SI, SI !! AU COU ! AU COU !
HÏN ! HÏN ! HÏN !
LE CON, IL ESSAIE DE M'AVOIR AVEC DES DÉCORATIONS...
QUI ? ON THE ASS !!!
AU CUL ?
GASP !
SI ! SI ! AU COU ! AU COULO ! AL COULO ! FOUTEZ-VOUS TOUTOS VOS AVIONOS AL COULO !!
FISCHER PRICE
IMBÉCILE !
BAF !
DANS N'IMPORTE QUELLE GUERRE, C'EST MOI QUI GAGNE, BÉNIN !!!
N'OUBLIE JAMAIS ÇA !!!
AÏE AÏE PATRON, PAS LA FOURCHETTE DANS LES YEUX !!

OUI, JE TRAVAILLE BEAU-COUP SUR LES SCENARII DE MES FILMS..
POURQUOI VOUS RIEZ?

BÉNIN? JE VEUX ÊTRE PRÉSENTÉ À REAGAN.
LE PRÉSIDENT REAGAN À VERSAILLES
CET AMÉRICAIN ME PLAÎT... PAS VOUS?...OUI? CE QUI ME PLAÎT VOUS PLAÎT...
ET PUIS... UN TYPE QUI S'EST FAIT LIFTER 38 FOIS NE PEUT PAS ÊTRE COMPLÈTEMENT MAUVAIS, N'EST-CE PAS?
HÏN! HÏN!
UN HOMME QUI A LA HAINE DU ROUGE, BÉNIN! LA HAINE!!
COMME VOUS, PATRON.
JE VEUX ÊTRE INVITÉ AU GRAND DÎNER DE VERSAILLES, BÉNIN.
OUI, PATRON!
MONSIEUR LE PRÉSIDENT REAGAN, J'AIME TOUS VOS FILMS ET EN PLUS VOUS ÊTES LE SAUVEUR DE L'OCCIDENT CHRÉTIEN!!
HÏN! HÏN!
QU'EN PENSEZ-VOUS, BÉNIN?
C'EST FORT, PATRON! C'EST TRÈS FORT!!
C'EST VRAI QUE C'EST FORT.
ENVOYEZ DES TRUFFES EN CHOCOLAT À SA DAME... LES AMÉRICAINES ADORENT LE SUCRÉ...
HÏN! HÏN!

NE BOUGEZ PAS, MON VIEUX! JE VAIS VOUS MONTRER UN TRUC! VOUS SEREZ ÉPATÉ!
ÔH PRÉSIDENT!! C'EST GÉNIAL!
IL EST BARJE.
AVEC ÇA, SI REAGAN N'A PAS COMPRIS DANS QUEL CAMP NOUS SOMMES! HEIN!?
ET... C'EST UN VRAI STÉSONT.
STET, PATRON STET!!
OUI, STÉSONT... C'EST PAREIL.
HIN! HIN!
PATRON, C'QUE VOUS RESSEMBLEZ À J.R.!!
HIN! HIN! HIN!
CELUI DE LA TÉLÉ.
BÉNIN! LES STÉSONT, LES ACTEURS AMERICAINS ET LES AVIONS DE COMBAT SONT L'ESPOIR DU MONDE.
À BAS LES ROUGES!
ET C'EST AINSI QUE PLUS TARD À VERSAILLES...
AH! ENFIN ON BOUFFE!
MONSIEUR LE PRÉSIDENT DE LA REPUBLIQUE EST SERVI.
QUOI!! JE NE SUIS QUE LÀ!
JE VEUX ÊTRE À CÔTÉ DE MONSIEUR REAGAN MOI!!!...
APPELEZ-MOI LE CHEF DU PROTOCOLE!!

TENEZ! VOILÀ POUR VOUS, MON AMI, TROUVEZ-MOI UNE PLACE PRÈS DE Mr REAGAN, VOULEZ-VOUS?
20 BALLES!!
MERDE, C'EST QUE 20 BA- -LLES!
POUR 20 FRANCS, MONSIEUR, VOUS VOUS ASSEYEZ LÀ ET VOUS NE BOUGEZ PLUS!!
D'HABITUDE J'AI QUE DES PASCAL...
??
AH! JE SUIS ICI... TRÈS BIEN.
BONSOIR, MONSIEUR. JE ME PRÉSENTE: CHARLES FITERMANN.
VOUS AVEZ UN JOLI CHAPEAU.
MMM?
..FITERMANN...
FITERMANN?... VOUS ÊTES PARENT AVEC FITERMANN LE COMMUNISTE?
!?
PLUTÔT OUI.

MOI, LE BOUFFEUR DE ROUGES, ON ME FAIT BOUFFER À CÔTÉ D'UN ROUGE!
HIN! HIN!
?!
IL NE DOIT PLUS VOUS RESTER BEAUCOUP DE DENTS POUR BOUFFER QUOI QUE CE SOIT, PAPY!
HIN! HIN! HIN! HIN! HIN!
BLA BLA BLA BLA BLA BLA BLA BLA.
!!!
VOUS AVEZ AMENÉ LE PETIT SAC POUR EMPORTER DU MANGER? LE POPULO FAIT TOUJOURS ÇA...
HIN! HIN! HIN!
ALLEZ-Y, EMPIFFREZ-VOUS! C'EST ÇA QUE LES COCHONS CAPITALISTES N'AURONT PAS.
HIN! HIN! HIN!
J'AI LA SENSATION QUE LES COCHONS CAPITALISTES NE SONT PAS LOIN ET J'AI LA NARINE SENSIBLE...
SALUT ET FRATERNITÉ!
JE VOUS RENDS UN SERVICE, VOUS AURIEZ TOUT VOMI APRÈS!
HIN! HIN! HIN!
VOYONS UN PEU CETTE CARTE :
- CAVIAR RUSSE
- BLINIS
- KOUGLOFF
CETTE CARTE EST UNE INSULTE POUR CE PAUVRE MONSIEUR REAGAN.

CROYEZ-MOI, ON A BEAU ÊTRE TRÈS RICHE, ON FAIT QUAND MÊME DES JALOUX..
ÇA!

HÏN! HÏN! JE CROIS QUE CETTE ANNÉE JE PASSERAI LE CAP DES 3 MILLIONS DE COCOTTES.
PRÉSIDENT! PRÉSIDENT!! "IL" VIENT D'ARRIVER!
AH?
QUI?
IL EST À CÔTÉ!! HOULA LA LA! SI VOUS VOYIEZ LA DÉGAINE!! ON DIRAIT UN DESSIN D'HERGÉ!!
MAIS DE QUI IL CAUSE CET ÂNE ?!?
AH!
???
JE LE FAIS ENTRER, PRÉSIDENT?
BEN? OUI!
PEUT-ÊTRE EST-CE MITTERRAND QUI VIENT DEMANDER PARDON DE M'AVOIR NATIONALISÉ?
?!?
ENTREZ, MONSIEUR LE PRÉSIDENT. LE PRÉSIDENT VOUS ATTENDAIT!
SI C'EST MITTERRAND, JE LUI DONNE DU : « BONJOUR MON PETIT FRANÇOIS... » JUSTE POUR L'HUMILIER UN PEU...
HÏN! HÏN!
MA GLOTESQUE PELSONNE OSE À PEINE LEGALDER UN DIEU VIVANT.
ET BIEN SÛR J'OFFRE UN CIGARE À BÉNIN, MAIS PAS À LUI..
JUSTE POUR L'HUMILIER.
HÏN! HÏN! HÏN!
JE SUIS LE VEL QUI LAMPE VELS LA LUMIÈLE.
VOUS EXAGÉREZ, PRÉSIDENT.
?!?
PRÉSIDENT, JE VOUS PRÉSENTE LE PRÉSIDENT SOUSHI TEMPURA DE LA FIRME SONY DU JAPON QUI VOUS ADMIRE TANT QU'IL DÉSIRAIT VOUS CONNAÎTRE.
?!?!!
OH MON DIEU! JE L'AVAIS OUBLIÉ CELUI-LÀ...

JE SUIS UN LAT!! ... UN LAT!!
QU'EST-CE QU'IL RACONTE, BÉNIN?
IL DIT QU'IL EST UN RAT.
AH! UN RAT!
OUI... C'EST UNE FAÇON DE S'HUMILIER POUR VOUS ÊTRE AGRÉABLE; À VOUS DE VOUS TROUVER UN NOM DE SALE BÊTE MAINTENANT...
.....
AH BON? UNE ARAIGNÉE?
C'EST PAS ASSEZ.
HIN! HIN! QUE C'EST CON!
HIN! HIN! VOYONS VOYONS!...
!!
ET MOI, JE SUIS LE MICROBE DU CANCER
!!
!!
HIN! HIN! HIN!
HEU... PRÉSIDENT?... LÀ, HEU... VOUS AVEZ TAPÉ PEUT-ÊTRE UN PEU FORT.
AH! TU VEUX FAILE LE MALIN...
PEUT-ÊTRE.
HIN! HIN! HIN!
JE SUIS GEOLGES MALCHAIS...
AHRG!!
ÇA, C'EST PAS DRÔLE!! DITES-LUI QUE S'IL ÉTAIT GEORGES MARCHAIS, IL AURAIT PRIS MON PIED AU CUL!!
SALE JAUNE.
?
CLIC!

APPALEIL YAPONAIS, TLÈS BONNE MALQUE...
!
IL M'A PRIS EN PHOTO ?
OUI.
AH!
VOUS VOULEZ UN PORTRAIT DE MOI POUR METTRE SUR VOTRE BUREAU, MONSIEUR SOUSHI ?
HIN!
ATTENDEZ UN INSTANT, JE VAIS ME DONNER UN COUP DE PEIGNE POUR ÊTRE PLUS PRÉSENTABLE.
VENEZ, MON CHER, ALLONS NOUS DONNER UN COUP DE PEINGNEU...
BOUGEZ PAS!
HIN! HIN
PERSONNE À L'HOLIZON.
JE SHOOTE.
ÔY! ÔY! OY!
CLIC CLIC CLIC CLAC
TOUS DES PLOTOTYPES.
UN LÉGAL! UN LÉGAL!
CLIC CLIC CLIC
SOUS TOUTES LES COUTULES.
CLIC CLIC
!!?
NON MAIS...

QU'EST-CE QU'IL VOUS PREND, À PHOTOGRAPHIER TOUTES LES COCOTTES?!?
?!!
PLOTOTYPES, PLOTOTYPES.
VOUS Y COMPRENEZ QUELQUE CHOSE, VOUS, BÉNIN?!
?
TENEZ ! ÇA VOUS PLAIT? JE VOUS L'OFFRE!!
!!
ALLEZ-Y POUR LA PHOTO.
HIN! HIN!
COT COT COT
CLIC
JE SOUHAITELAIS EMPOLTER LE PLOTOTYPE.
PRENEZ-LES TOUS. TOUS LES PDG FRANCAIS EN FONT, MAIS MOI JE SUIS UN TÉNOR.
JE SUIS CONFUS COMME LE LAT DEVANT LA MANLEOILE VIDE.
AU REVOIR, MONSIEUR DU SOLEIL LEVANT.
ALLEZ! ALLEZ!! ON DIT ÇA!!
HIN! HIN HI
PRÉSIDENT, VOUS ÊTES TOO MUCH!
CE PETIT ASIATIQUE N'A PAS COMPRIS QUE LA COCOTTE EN PAPIER EST LA MORT DE LA PRODUCTIVITÉ.
LES JAUNES NE FOUTRONT PLUS RIEN ET HOP, À NOUS LES MARCHÉS.
UN MOIS APRÈS..
ARGH!!
BÉNIN, VENEZ LIRE ÇA!! : LES JAPONAIS SE LANCENT SUR LE MARCHÉ DE LA COCOTTE EN PAPIER. LE SUCCÈS EST TOTAL AUX US. OÙ LES ENFANTS EN ACHÈTENT PLUS DE 10 MILLIONS PAR JOUR . M. SOUSHI TEMPURA COMMENTE: «ET C'EST PAS FINI...»
FORTUNE

QUELQU'UN
QUI NE M'AIME PAS
NE PEUT PAS ME COMPRENDRE

TOC TOC TOC
NNNNNN
!!
ÔH! LE BRAVE HOMME!!
NNNNNN
PRESIDENT! PRESIDENT!!
SCHIK SCHIK
!!?
VOTRE GOU-GOU VOTRE GOU-GOU ?!!?
MON GOÛTER!
VOUI! C'EST L'HEURE!
MIAM!
MIAM!! MON ÉCLAIR AU CHOCOLAT!!
HIN! HIN! HIN!
ALLEZ BÉNIN! ALLEZ!! J'AI PAS BESOIN DE VOUS POUR MANGER MON GOÛTER.
TSSS
TIENS! ILS ONT CHANGÉ L'EMBALLAGE CHEZ LE NÔTRE ?!!?
ÇA VIENT PAS DE CHEZ LE NÔTRE ET C'EST DU SALÉ!!
!!!

C'EST NOUVEAU! PRÉSIDENT!! NOU-VEAU!!!
!
AH?
QU'EST CE QUE C'EST? UN FRIAND À LA SAUCISSE? ON DIRAIT DU PLASTIQUE?!
!
PAS TERRIBLE LEUR PÂTE FEUILLETÉE.
C'EST DU PLASTIQUE, PRÉSIDENT!
NON!?
TIPTIP
POURQUOI VOUS VOULEZ ME FAIRE MANGER ÇA, MON BRAVE BENIN?
AH!
PRÉSIDENT! IL FAUT QUE VOUS GOÛTIEZ ÇA!! C'EST UN TRÉSOR QUI A DÉJÀ RAPPORTÉ UNE FORTUNE!!
UNE FORTUNE!?
AH!
BON..
NÔÔÔN!!!
SI ÇA RAPPORTE UNE FORTUNE, ALORS!
PRÉSIDENT!! C'EST L'EMBALLAGE ÇA! ÇA S'OUVRE! LE MANGER C'EST DEDANS!
COMME LES HUITRES!?
ON Y ARRIVE.
?!!!?
HÉ BÉ!
SNIF?

ALORS! J'EXPLIQUE! VIANDE 10%, FROMAGE 5%, SALADE 5% ET PAIN 60% ... COÛT: 2F.
PRIX DE VENTE... 15 F.
NOOON!!
BÉNEF? UN MAXIMUM ... UN-TRÉ-SOR, PRÉSIDENT!
ET ON EN VEND DES MILLIONS!
DE ÇA!
UN TRÉSOR.
HÏN!!
ÇA!
C'EST LES AMÉRICAINS QUI L'ONT INVENTÉ... C'EST VOUS DIRE!
MMM...JE VAIS MANGER UN TRÉSOR.
GNIAK
PEUUT
BON?
MIOM MIOM MIOM
FEU FRÉFÈRE L'ÉCLAIR AU FOFOLAT.
!

VOUS DITES QUE ÇA COÛTE 2 F. POUR FABRIQUER ÇA, BÉNIN?
OUI.
VOS CHIFFRES SONT SÛREMENT FAUX! ON DOIT POUVOIR Y ARRIVER À 70 CENTIMES PARCE QUE C'EST VRAIMENT DÉGUEU.
HIN! HIN!
ÇA NE FAIT RIEN, C'EST LES JEUNES QUI MANGENT ÇA. C'EST AMÉRICAIN, ALORS, ILS AIMENT.
HIN! HIN!
TIP TIP
POURQUOI ON A UNE JEUNESSE AUSSI CON, BÉNIN?
BAH!
DE NOTRE TEMPS, ON AIMAIT LE CAMEMBERT, LE ROUGE QUI TACHE ET L'ACCORDÉON, HEIN?
PRENEZ ÇA..
ÔH PRESIDENT! PAS DANS NOTRE MILIEU...
AH! VOUS CROYEZ?!
MMM... QU'EST CE QU'ON AIMAIT QUAND ON ÉTAIT JEUNE? JE M'EN SOUVIENS PLUS...
AH OUI! LE CAVIAR, LE CHAMPAGNE, ÇA AVAIT PLUS DE GUEULE, TOUT DE MÊME...
HIN! HIN!
(SOUPIR)

MA VIE A ÉTÉ BÂTIE SUR TROIS CHOSES : LE TRAVAIL LE TRAVAIL, LE TRAVAIL..
HIN! HIN!
DEMANDEZ À MES OUVRIERS!
ILS BOSSENT..

QUE C'EST BÔ! MARCEL... QUE C'EST BÔ!
CASTA DIVA
CH
C'EST PUREMENT DIVIN, CHOUCHOU.. JE SAIS QUE J'AI BIEN FAIT DE VOUS TRAINER JUSQU'ICI
TIP TIP
IN ARGEN
DE TOUTE FAÇON... AVEC VOUS, C'ÉTAIT OU ÇA OU AU LIT À 9 HEURES!...
C'EST EXACT, CAR JE VEUX QUE MON CHOUCHOU SE CULTIVE...
NGNGN MON CHOUCHOU SE CULTIVE...
QUESTE SAC
OUI, ET JE PEUX VOUS DIRE QUE SI VOUS AVIEZ DÉCIDÉ DE RESTER AU LIT, VOUS FAISIEZ UNE MAUVAISE AFFAIRE.
PIANTE
J'AVAIS DEMANDÉ À VOTRE VALET DE FOUTRE EN L'AIR TOUS CES "PLAY BOY", "LUI", "GLOBES", ETC. QUE VOUS LISEZ AVANT DE DORMIR.
A N
JE NE LES LIS PAS, CHÈRE AMIE!... JE REGARDE LES IMAGES!!
NUANCE...
VOLGI IL R
DÈS DEMAIN, JE TÉLÉPHONE À FILIPACCHI POUR QU'IL ME RENVOIE LA COLLEC' COMPLÈTE.
HIN! HIN!
BEL- SEN

VOUS RIEZ?
HIN! HIN!
SENZA
NUB
ON NE VIENT PAS ICI POUR RIRE, CHOUCHOU! L'OPÉRA, ÇA N'EST PAS DE LA RIGOLADE!!
ÔH! JE LE SAIS...
C'EST DANS LONGTEMPS L'ENTRACTE?
IL VIENDRA EN TEMPS VOULU. NE VOUS INQUIÉTEZ PAS...
C'EST PAS UNE RÉPONSE.
SENZA
JE MEURS D'ENVIE D'UN MIKO.
VOILÀ...
TEMPRA
SI NOUS ÉTIONS DES GENS VULGAIRES, JE VOUS TRAITERAIS DE CHIEUR.
OH JE SAIS... VOUS ÊTES CAPABLE DE TOUT...
QUAND JE T'AI CONNUE, MA BELLE, TU VENDAIS DES POMPES CHEZ "SACHA"...
C'EST PAS LA PEINE DE FAIRE TA PRÉTENTIEUSE.
ÔH OUI!! JE SAIS!!! QUAND VOUS M'AVEZ CONNUE, J'ÉTAIS CHEF DE RAYON DANS UN IMPORTANT MAGASIN DE CHAUSSURES DE LUXE!
HIN! HIN!
CHEF MON CUL! VENDEUSE OUI...

SI VOUS RIEZ ENCORE, JE VOUS FAIS UN DOUBLE PINÇON RETOURNÉ.
!!!
ÔHH! LE VILAIN CHOUCHOU QUI CRIE AVANT QU'ON LE TOUCHE...
ARF! ARF!
AÏE! AÏE!
ALLONS! ON NE FAIT PAS SON GRINCHEUX.
JE VOUS PINCE MOI?! HEIN?
EST-CE QUE JE VOUS PINCE ?!?
ALLONS, PLUS QUE QUELQUES INSTANTS ET C'EST L'ENTRACTE.
PLUS TARD, AU FOYER...
ÇA VOUS LES ARRACHERAIT DE ME DEMANDER UN GINI?
ATTENDEZ, MON PETIT OISEAU ON VA LE VOIR AU FOYER.
MMM. C'EST DU CHER, MAIS DU BON...
PRESIDENT! PRÉSIDENT!
PRÉSIDENT! BONSOIR!!
TIENS, C'EST BÉNIN!

QU'EST-CE QUE VOUS FOUTEZ DANS CETTE GALÈRE, MON PAUVRE BÉNIN?
J'AIME L'OPÉRA, PRÉSIDENT!
PAS MOI.
HA BON? ALORS MOI NON PLUS.
MARCEL! AH! NON!
ET CELLE-LA? QUI C'EST?
KRISTINA!...UNE AMIE! ELLE EST MANNEQUIN.
"POUR "GLOBES"?
JE LÈVE MON VERRE À VOTRE GRANDE BEAUTÉ, MADEMOISELLE KRISTINA.
HIN! HIN!
VOUS AVEZ VU, KRISTINA, LE PRÉSIDENT VOUS PORTE UN TOAST, MON PETIT!
TIP TAP
SLURP
C'EST FINI, VOTRE NUMÉRO À LA NOIX? VOUS ÊTES DEVENU FOU, MA PAROLE!
EN TRAIN DE GLOUSSER COMME UN ÂNE DEVANT CETTE... CETTE FILLE!!
C'EST LE DINDON QUI GLOUSSE.
VOUS, BÉNIN, GARE À VOUS!
MAIS, MADAME?
À VOTRE BEAUTÉ! KRISTINA!

VOUS SAVEZ, KRISTINA, LA BEAUTÉ PHYSIQUE, ÇA PASSE!...
AH!
J'ESPÈRE QUE VOUS AVEZ UN C.A.P. GENRE COIFFURE OU QUELQUE CHOSE COMME ÇA, SINON... AVEC L'ÂGE, ÇA DEVIENT DUR...
AH!
... BIEN SÛR, JE VOUS DIS CELA EN TOUTE AMITIÉ.. ENTRE FEMMES EN QUELQUE SORTE... N'EST-CE PAS QUE VOUS ME COMPRENEZ?
AH!
!!
.. EN CE QUI CONCERNE LA BEAUTÉ, MIEUX VAUX L'AVOIR EUE UN PEU QUE PAS DU TOUT, ÇA FAIT DES SOUVENIRS...
VOUS.. VOUS ME SOIVEZ?
ELLE EST TOO MUCH!
...À PART ÇA, JE TERMINE UN DIPLÔME D'INGÉNIEUR EN AÉRONAUTIQUE ET JE FAIS AUSSI UN PEU LE MANNEQUIN.
RIEN QUE DE BIEN BANAL...
BÉNIN!? ELLE VA TRAVAILLER POUR MOI!
J'AJOUTE QUE JE N'AI JAMAIS VENDU DE CHAUSSURES ET QUE MOI AUSSI JE SUIS PARFAITEMENT CAPABLE DE ME TAPER UN VIEUX.
D'OÙ BÉNIN...
HIN! HIN! HIN!
MARCEL? AIDEZ-MOI! POURQUOI CETTE FILLE A-T-ELLE PARLÉ DE VENDRE DES CHAUSSURES? C'EST VOUS QUI AVEZ RÉVÉLÉ MON PASSÉ ?!!
HIN! HIN!
MOI!! JAMAIS! POURQUOI?
CHAIS PAS.
PEUT-ÊTRE PORTEZ-VOUS ÇA SUR LA FIGURE, QUI SAIT?
HIN HIN!
OUI, QUI SAIT?
ÇA ME PLAÎT L'OPÉRA.
CE SOIR, TOUT ME PLAÎT.

le souffle adulte de l'aventure et de l'imaginaire dans la bande dessinée.

les romans (A SUIVRE)

Imprimé en Belgique par Casterman, s.a., Tournai,
mars 1983. N° édit.-impr. 2960.
Dépôt légal: mai 1983; D. 1983/0053/80.